KB233541

사람
사랑

장소현 시집

((해누리

초판 1쇄 | 2013년 2월 28일 발행

지은이 | 장소현
펴낸곳 | 해누리
펴낸이 | 이동진
편집주간 | 조종순
마케팅 | 김진용

등록 | 1998년 9월 9일(제16-1732호)

주소 | 서울시 마포구 성산1동 239-1번지 성진빌딩 B1(우:121-251)
전화 | 02) 335-0414   팩스 | 02) 335-0416
E-mail | henuri0101@naver.com

ⓒ 장소현, 2013

ISBN 978-89-6226-037-3 (03810)

* 무단전재와 무단복제를 할 수 없습니다.

예술과 구원

예술이 구원일 수 있는가? 아주 오래되고 근본적인 화두다. 과연 글이, 그림이, 음악이, 연극이나 영화가 인간을 구원할 수 있는가?

나는 그렇다고 생각한다. 그래야한다고 믿는다. 적어도 만드는 사람에게는 구원이어야 한다고 믿는다. 그리고 그것을 받아들이는 이들의 지친 마음을 위로하고 병든 영혼을 치유해야 한다고 믿는다.

그렇지 않다면 예술이 그렇게 오랜 세월 동안 살아남을 수도 없고, 존재할 필요도 없을 것이다.

사는 것이 뻐근하고 시릴 때 책을 읽고, 음악을 듣고, 그림을 보는 일은 나를 치유해주곤 했다. 지치고 병든 내 마음을 쓰다듬어 주었다. 어머니의 손길처럼… 쓰는 일은 더욱 그러했다. 때로는 구원이었다.

캄캄한 구렁텅이에 빠져 속절없이 허우적거릴 때 나도 모르게 터져 나오는 시(詩)는 한 줄기 빛이었다. 고해성사를 할 때처럼, 황량한 벌판에 벌거벗고 서서 소나기를 흠뻑 맞을 때처럼… 나는 다시 일어서곤 했다.

그럴 때 글쓰기의 기교니 예술성이니 완성도 따위는 전혀 문제가 되지 않는다. 중요한 것은 오로지 간절함, 목마름, 처절한 그리움, 애틋한 절규… 같은 것들이다. 어머니의 꾸밈없는 말씀이나 어린아이의 중얼거림이 그대로 시가 되는 것처럼 스스로 그러할 따름이다.

고백성사를 멋진 말로 하려고 애쓰는 사람은 없다.

그건 이미 고해성사가 아니다. 미사여구로 꾸며진 기도는 대개가 거짓이다.

물론 고해성사는 지극히 개인적이고 은밀한 것이다. 부끄러움을 털어버리고 새로 태어나는 일은 나만의 일일 수밖에 없다.

그런데 그런 고백을 혹시라도 남에게 내보일 때는 사정이 달라진다. 절실한 고백이 나에게는 구원이었지만, 다른 이에게는 소음이 될 수도 있고, 어지간히 부끄러운 일이기도 하다. 고백록이나 자서전 같은 것이 갖는 한계다.

그래서 이 책을 펴내야 할지 말아야 할지 오래 망설였다. 간단히 말하면 혼자의 고백으로 그치는 것이 옳은 일이다.

　그래도, 혹시는 내가 겪은 아픔이 단순히 개인적 아픔이 아니고 우리 시대의 고통일지도 모른다는 생각이 들었다. 또 시가 내 영혼을 씻어주었고 때로는 구원이기도 했으니, 어쩌면 읽는 이들에게 아주 작은 위로가 될지도 모른다는 생각도 희미하게 들었다.

　그래도 여전히 부끄럽고 매우 조심스럽다.

　예술이 구원이어야 한다는 믿음을 소중하게 섬겨 모시고 싶다. 그러기를 간절히 꿈꾼다. 그걸 희망이라고 불러도 좋겠지.

　책이 모양새를 갖추도록 정성을 모아준 이들과, 여

6

러 가지로 어려운 가운데서도 선뜻 책을 펴내준 <해누리 출판사> 대표 이동진 대사에게 감사드리며, 이 책을 부모님 영전에 삼가 바친다.

양지 바른 언덕에 나란히 누워 계신 두 분 내내 행복하시기를….

이천십삼년 늦은 봄
장소현 삼가 쓰다.

차 례

둘째 마당: 삼팔따라지의 노래

셋째 마당: 시(詩)

넷째 마당: 노을길

다섯째 마당: 오랜 벗들에게

첫째 마당: 어머니 생각

어머니

석류나무 가지 부러지듯
툭 부러져 문득 떠나가신
우리 어머니는
어느새 작은 새가 되었다.

어머니 느닷없이 돌아가셨을 때
나는 울지 않았다
울 수 없었다
아무리 해도 믿을 수 없어서

어머니 타국땅 양지 바른 언덕
아버지 옆에 다소곳이
누우셨을 때도 나는
눈물 흘리지 않았다
흘릴 수 없었다
금방이라도 툭툭 털고 일어나
"그만 집에 가자" 하실 것 같아서

그런데, 이제
작은 새를 보면
벌새처럼 쉬지 않고 날개 파닥이는
작은 새 만나면
눈물이 주르르 흐른다
도저히 참을 수 없다
어머니 돌아오신 것 같아서
"배고프지? 밥 먹어야지" 하실 것 같아서

지금은 어디쯤에서 바지런히
날개짓 하고 있을까
아주 작은 새

이제 그만 쉬세요, 어머니
한평생 그렇게 쉴 새 없이 바르르 바르르
한평생 그렇게 날개짓 하며 사셨으니
이제 그만 편히 쉬세요
어머니

누우신 김에 아무 걱정 말고 푹 쉬세요
어머니

  *이 시를 쓴지 한참 뒤에 김규동(1925-2011) 시인의 시 <대신 할께요 어머니>를 읽었다. 그 시의 마지막 구절은 이렇게 끝난다.
  '어머니/ 이제는 그만 쉬세요/ 제가 대신 할께요. 대신 할께요.'
  어머니에 대한 안타까움이 이렇게 비슷하여 놀라면서, "이제 그만 쉬세요, 어머니"라는 구절을 빼야할지 오래 머뭇거렸지만, 염치없이 그대로 두었다. 우리 시대 누구의 어머니인들 같지 않으랴….

수제비

어머니 끓여주신 수제비가 먹고 싶은 날
하늘은 주룩주룩 눈물 흘리네
하늘님도 어지간히
외로우신 모양

어머니 손길 바쁘고
밖에는 하염없이 비 내리고…

수제비 익는 냄새 온 집안에
구수하게 가득하고…

수제비 한 그릇에 배부르고
평화롭다. 그립다.

어머니 방

벌써 여러 해 지났건만
어머니 방 아직도 치우지 못한다
도저히 치우지 못한다, 아직도
유품 정리도 못하고
하루도 빠짐없이 또박또박 눌러쓰신
일기도 차마 읽지 못한다, 아직도

오늘 날씨는 어떠어떠 하고, 최경주가 안타깝게 실
수를 했고, 다저스의 아무개 선수가 시원한 홈런을 날
렸고
맏이가 다녀갔는데 걸핏하면 밤일 한다니 걱정이
고, 둘째는 어째 기운이 없어 근심이니 술 좀 그만 먹
었으면 좋겠고, 막내는 너무 바쁘게 총총거려 안쓰럽
고… 귀엽고 자랑스러운 손자들은 어떠어떠 하고
하루 종일 말할 일 없어서 입에서 단내 나는데…

한 글자 한 글자 꼭꼭 눌러쓰신 일기
아직도 차마 읽지 못한다, 아직도

언젠가 쓸 일 있다며
차곡차곡 모아두신 헌 봉투뭉치
아직도 버리지 못한다
아직도 그대로다 아직도

어머니 심어 돌보시던 작은 석류나무
어느새 훌쩍 자라 올해도 빨간 열매 탐스럽게 열리고
어머니 아침마다 인사하며 물주며
정성스레 가꾸시던 텃밭
상추 오이 부추 호박
바짝 말라버린지 벌써 오랜데

어머니 방 아직도
그대로다

문득 돌아오셔서 편하게 쉬시도록
아직도 혹시나.

털조끼

갑자기 바람 차고 날 춥다
어머니 짜주신 털조끼 꺼내 입는다
포근하다 따스하다
한 코 한 코 한 바늘 한 바늘 뜨신 어머니 손길 생각하면
마음 구석까지 아늑하다

어쩐 일인지 어머니는 돌아가시기 얼마 전
똑같은 털조끼 세벌 떠서
우리 삼남매에게 하나씩 주셨다.
(무슨 예감이라도 있으셨던 걸까)

흐린 눈 비벼가며
한 코 한 코 한 바늘 한 바늘 뜬 털조끼에
아직도 아련하게 남아있는
어머니 체온

아껴 아껴 입는다
살아있는 동안 날 추우면

입고 또 입어야할 테니
허구헌날 춥지야 않겠지 설마
평생 입을 수 있겠지
어머니가 떠주신 털조끼

우리의 어머니들

어머니는 늘 말하곤 하셨지
"어서 와라, 밥 먹어야지.
어디 보자, 아이구 이거 찬이 없어서 어쩌나…"

브라질로 이민 가는 친구의 어머니가 걱정스레 말하셨네
"애야, 거기 가거든… 악어 조심해라!"
오랜 친구의 어머니가 말씀하셨지
"우리 맏이가 다 좋은데… 요새 벌이가 좀 시언찮어서…"

그렇다 우리의 어머니들은,
자식의 친구면 당연히 자식으로 여기셨고
우리 또한 그렇게 알고 모셨지.
우리의 어머니들은
모두 다
그렇게 넓고 깊고 인자하고
거룩하시네.

그 덕에 그나마 세상이 살만 하네.

사람사랑

사람
각진 네모 모서리 닳아
둥글어지면
그제야 비로소
사랑

세상에 가장 어려운 일
사람 사랑

세상에 가장 필요한 일
사람사랑

함부로 누르지 말 것

사람을
슬그머니 안으로 밀어 넣으면
서럼이 된다
살아를 슬쩍 누르니
설어가 되는 먹먹함
이 나이 되어 겨우 알겠네

사람으로 살아를
밀고 누르면
서럼으로 설어…
서러움으로 서러워
끈적이는 서러움으로 못내 서러워

그러므로
사람을
함부로 누르지 말 것
제발 부탁이니
함부로
누르지 말 것

사람

세상에 가장 무서운 것
사람
사람처럼 추하고 잔인한
동물 없다.
무섭다, 정말…

그래도 비비고 살아야지 어쩌나
죽을 때 죽더라도

사람 삶 살림 사랑

두 눈 질끈 감고
큰 숨 내쉬면
거기 무지개 건듯

그것 참

그것 참
세상 모든 것들
아슬아슬 힘들고 모질게 사는구나
그것 참
나만 그런 줄 알았더니

눈 침침 귀 멍멍 넋 먹먹
생각 휘청휘청 마음 비틀비틀
아프게들 가까스로 사는구나
그것 참
나 혼자만 그런 줄 알았더니
모두들

행복하기만 한 인생은 없다지

아픈 가운데 자라고
외로움 짓씹으며 크고
서러우면서 여물고

견디고 견디노라면

스스로 상처 아물어
무지개처럼 밝은 날
열리려나
그것 참

마음

마음 心자 가만히 들여다보니
빗물 받는 아이 손 같네
정성껏 두 손 모아
한 방울 한 방울
하늘님 내려주시는 물방울
고인 물에 웃는 얼굴 비치네
방끗

내 작은 몸뚱이

내 작은 몸뚱이
너무 오래 썼다
돌보지도 않고 뻔뻔스레 쓰기만 했는데
큰 탈 없이 여기까지 왔으니
정말 고맙다
내 몸, 작은 몸뚱이

이제부터 남은 날들
고물 될지
골동품 될지

보름

올 겨울 유난히
비님 듬뿍 골고루 내리셔
나무들 통통 물 오르는 소리
싱그럽고 씩씩하고…

꽃보다 고운 잎새
수줍은 듯 살며시 얼굴 내밀고 웃는데

아직도 멀었나, 겨우
징검다리 돌 하나 놓는 일
아직도 멀었나

뒷뜰 한 가득 고루고루 밝아
보름인가
보봄 봄봄 봄 대보름

아직도 멀었나, 겨우
징검다리 돌 하나 놓는 일
아직도 멀었나, 언제나 끝내려나
보름달 밝은데

둘째 마당: 삼팔따라지의 노래

삼팔따라지

삼팔은 이십사
그래서 삼팔따라지의 삶은 이판사판
부끄럽게 여긴 적 없어요, 단 한번도
서글프단 생각한 일도 없어요.

우리 부모 목숨 걸고 북에서 남으로 내려오실 때,
강 건너 선 넘어 내려오실 때, 나 아직 나이 어렸지
만… 그 대하소설 같은 이야기 듣고 또 들으며 씩씩하
게 자랐어요.

그러므로, 나는 삼팔따라지 실향민임을 털끝만치도
의심해본 일 없어요.
부끄럽게 여긴 적 없어요, 단 한번도
서글프단 생각한 일도 없어요.

삼팔선 아슬아슬 넘던 이야기, 멀고 먼 피난길에 쌕
쌔기 소리 요란하더니 방금 전 바로 내가 앉았던 그 자
리에 폭탄이 펑 터지더라는 이야기, 영양실조로 눈 멀

뻔 했는데 개구리 다리 고아 먹고 겨우 살아났다는 이
야기, 제대로 먹지 못해 키가 크지 못했다는 이야기…
눈물 없이는 읽을 수 없는 대하소설 여러 권…

  그러므로 나는 아주 구체적 실감으로 삼팔따라지
실향민.
  삼팔따라지 이판사판.

  그러나 미국에서 태어나 미국에서 자란 우리 아이
들에게는 대하소설을 전하지 않았습니다. 전하고 싶
지 않네요. 가능하면 나도 잊어버리고 싶어요, 잊어선
안 되겠지만…

  가슴 아픈 이야길랑
  우리 내 세대에서 끝!
  역사를 모른다 욕해도 좋다
  우리 세대에서 완전히 끝!

하루라도 빨리 통일이
통일만 되면…

통일되면, 머지않아 통일되면
또 얼마나 많은 삼팔따라지 생겨나
피눈물 흘리려나
벌써부터 걱정이다, 걱정도 팔자

부실한 내 다리

건강 위해 같이 산에 가자는 청 슬그머니 밀쳐냅니다.
참 고마운 말이지만, 내 부실한 다리, 평평한 발바
닥으로 다른 이들의 즐거움 방해하고 싶지 않네요.

내 다리가 언제 망가졌는지 나는 모릅니다.
아주 어렸을 때 상했다, 그렇게 어렴풋이 알 뿐,
어머니도 확실히는 모르시는 것 같아요. 알면서도
내게는 모른 척하는 것으로만 여겼는데…
정말 모르시는 것 같아요.
원인도 모르니 더 안쓰럽고 서러우셨겠지.

뼈마디가 잘못 이어져 그대로 굳어져 버렸지요. 왜
그런지는 몰라요. 모르니까 더 스산하고 아리지요. 하
지만 이제 와서 알고 싶지도 않아요. 안들 어쩌겠어요,
거의 다 살았는데… 태어나서부터 수없이 죽을 고비
를 넘겼으니… 이만큼 산 것만도 대견하지. 빙그레 웃
을 수밖에, 빙그레…

저 멀리 만주땅 북간도 용정에서 태어나, 어머니 등
에 업혀 두만강 건너고, 북녘에 살다가, 또 어머니 등
에 꽁꽁 묶여 삼팔선 사선(死線) 아슬아슬 넘고…
　전쟁통 화약연기 속 동서남북 피난 다니느라… 목
숨 부지하는 것이 우선이었던 세월… 그 살벌한 세월
에 다리 하나쯤 언제 상한들…

　죽지 않은 것만도
　천만다행이지 뭐
　죽은 사람이 얼마나 많은데…
　불만 있나?
　없습니다.

　삼팔선 넘을 때 어머니하고 나하고 단 둘이었지요.
아버지는 미리 가서 자리 잡는다고 먼저 가시고… 조
마조마 아슬아슬 위태위태 둘이서 삼팔선 넘을 때 어
머니 등에 꽁꽁 업힌 나는, 쪼각배에 실려 차거운 강
건널 때 포대기에 꽁꽁 쌓인 나는,

울면 안 되었습니다.
절대 안 되었어요.

울음소리 하나로 여러 사람 떼죽음 당할 수도 있으니 무슨 일이 있어도 울면 안 되었습니다. 절대로 울면 안 되었어요. 어머니는 칭얼대는 나를 힘껏 눌렀겠지요, 콩닥거리는 가슴 억누르며 힘껏 감싸 안으셨겠지요. 죽음보다 무거운 울음.

울지 마라 우리 아가, 울지 마라
울면 죽는다, 모두 죽는다

혹시 그 때 뼈마디 우드득 어긋났을지도 몰라요. 아니면 피난길 험한 길, 죽을 고비 가까스로 넘기던 어느 때 삐끗 어긋났을지도… 아니면 두만강 건널 때였을까…
그때는 온 세상도 세월도 어긋나 있었으니…
뼈마디 어긋나 무척이나 아팠을 텐데 나는 왜 울

지 않았을까, 왜 시원하게 울어제끼지 못했을까, 울 수 없었겠지, 아마도. 어머니는 어째 모르셨을까? 울 듯하면 포대기 더 감싸고 힘껏 껴안느라, 울음소리 막느라 미처 모르셨겠지… 그냥 그렇게 생각합니다. 그래야 편해요.

강물 차갑고 뱃소리 삐그덕삐그덕, 달도 없어 새까만 어둠 속을…

그렇게 그렇게…
칼날 같은 세월 흐르고…

어느 날 살펴보니 아이가 다리 잔뜩 옴추리고 펴지를 않더라지요. 웬 일일까, 이게 웬 일일까? 없는 살림 쪼개고 쪼개 병원에 가보니 의사 선생 말씀이, 여차 여차 하니 이리저리 해야 하는데 지금은 형편이 도무지 그러하니 아이 자라는 걸 좀 더 지켜보고 때가 되면 이리저리 합시다, 그렁저렁 견딜만 할 테니 세월을 봅시다.

그렇게 세월 흘러 때가 되었지만, 그땐 먹고 살기 빠
듯하여 또 차일피일 어영부영… 목숨 부지하는 데 큰
지장 없으니 그럭저럭…

그러는 동안 어긋난 뼈마디는 엉뚱한 곳에 가서 엉
거주춤 굳어버린지 벌써 오래… 그때마다 고비마다 부
모님 가슴에 멍들었겠지요, 옹이 맺혔겠지요…

그렇게 언제 어디서 왜 어떻게인지도
모른 채 그럭저럭…
몰라서 더 아픈
세월 그렇게 굳어버리고
그렇게 그렇게…

억울한가? 천만에요!

이렇게 살아있는 것만도 하늘의 은혜려니, 이 나이
까지 그럭저럭 큰 불편 없이 살아온 것만도 감지덕지.
죽은 사람이 얼마나 많은데…

다만, 산에 오르자 거나 먼 길 걷자는 사람들 청 거
절할 때 미안하고 불편할 뿐… 체력장 달리기 때문
에 중학교 입학시험 떨어졌을 때 흘리시던 어머니 눈
물 보고 속상했던 기억 생생하지만… 어쩌겠어요, 그
저 운명이려니 참고 그럭저럭 사는 수밖에… 그래, 운
명이다!

나는 부실한 내 다리, 쩔뚝거림을 우리 민족 분단
의 상징으로 여깁니다. 비극의 흉터정도로 여기며 살
아요.

우리나라 다리도 나처럼 일그러져 굳어버렸을 꺼
야… 호들갑 같지만 그렇게 믿고 삽니다.

우리나라도 나처럼 까닭 모르는 새에 뼈마디 어긋
나고, 허리 동강난 채 그럭저럭 세월 흘러 엉뚱하게 굳
어버렸으니, 바로잡기 고약하게 굳어버렸을 테지요,
아마 그럴 꺼예요…

까닭 모르는 것의 슬픔은 유달리 무겁지요. 무거워
서 자꾸만 가라앉지요.

나야 그렁저렁 쩔뚝쩔뚝 살아왔다지만
우리나라는 그렇게 내버려둬서는
안 된다.
허리 동강 나고 뼈마디 어긋나
먼 길 걷지 못하고 제대로 뛰지도 못하고
산에도 마음대로 못 오르게
그렇게 그냥 내버려둬서는
안 된다. 안 된다. 안 된다.

지금은 온통 유목의 시대라는데… 나는 유목민이
되기를 벌써 포기했습니다. 다리 부실하여 멀리 걷지
못하니, 길에서 맹수 만나도 뛰어 도망치지 못하니, 나
그네 길 한결 고달프지요. 유목민 되기는 아예 글렀어
요. 그래도 울지 않아요.
천상 붙박이 농경민 신센데, 농사지을 줄을 몰라요.
제대로 걷지 못하는 유목민, 농사지을 줄 모르는 농경
민… 어쩌다 이렇게 떠돌고 떠돌아 바다 건너 미국땅
에까지 흘러와 살고 있으니 참 얄궂지요. 그래도 웃을

수 있어요. 가끔은 노래도 불러요.

떠돌이 농경민이라니… 먹이 찾아 멀리 돌아다니지
도 못하고 농사도 지을 줄 모르니, 그저 가까스로 견
디는 수밖에… 누군가 말씀하셨지, 가까스로 사는 것
이 가장 잘 사는 거라고… 정말 그랬으면 좋겠네요, 정
말 그랬으면.

건강해지려면 운동도 하고 산에도 열심히 다니고
여행도 자주 해야 한다지만… 부실하면 부실한대로 불
편하면 불편한대로 아프면 아픈대로 그럭저럭 가까스
로… 웃으며 살지요.

유목민은 멀리까지 똑똑히 보는
좋은 눈을 가졌다는데
내 눈은 침침하다.
멀리 볼 줄 모른다, 흐릿하다.

용한 의사 어디 안 계신가요?
우리나라 부실한 다리 고칠 용한 의사.

연락 주세요.

연락처는…

그나저나, 내 마음 어딘가도 내 부실한 다리처럼 어긋난 건 아닌지, 내 영혼 어딘가가 지폐처럼 더럽게 꾸겨진 건 아닌지 걱정이네요, 정말로.

무향민(無鄕民)

　나의 긴 타향살이가 늘 두렵고 외롭고 슬프고 그립
고 힘겹고 분하고 아프고 아리고 서먹서먹하고… 그렇
지는 않았어요. 좋은 일 기쁜 일도 많았지요. 언제나
축축하고 누추하고 춥고 허전하고 배고프고 그런 것도
아닙니다. 절망의 구렁텅이에 빠져 몸부림치며 죽음을
생각해본 기억도 없고, 병들어 병원 침대에 누운 적도
경찰에 끌려간 일도 없네요.

　생각해보면 기쁘고 벅차고 행복한 날이 더 많았어요.

　술에 술 탄 듯 물에 물 탄 듯 그렇게 사는 동안 언제
부턴가 고향보다 타향이 편안해졌어요. 나도 모르게…

　그 때는 정말 서글펐습니다.

　아 이제 내게는 고향이 없는 건가, 정말로.

　하긴 내게는 처음부터 고향다운 고향이 없었다.

　찬바람 매서운 만주땅에서 태어나

　삼팔선 아슬아슬 넘어와

　서울 변두리 수없이 떠돌며 살다가

　비행기 타고 바다 건너

미국에 이민 와 30년 넘게 그럭저럭 살다보니
고향다운 고향이 없다.

어릴 적 잠시나마 뛰놀던 상왕십리 하왕십리 길가
동네, 살곶이다리 근처, 처량하게 비오는 날 내 동생
태어난 부산 영도다리 앞 판자촌, 내 여동생 태어난 안
정사 앞… 그런 데를 차마 고향이라고 할 수는 없고…
청계천 빈민가 변소도 없던 집, 청파동, 효창동, 남영
동, 진흙뻘 구로동, 원효로 청암동, 대방동, 신림동…
그런 데도 차마 고향 아니고…
　지금 살고 있는 미국땅은…?
　어릴 적 방학이면 고향으로 돌아가는 아이들이 그
렇게 부러웠어요. 지금도 고향 이야기 구수하게 하는
사람의 젖은 눈 보면 부럽기는 마찬가지예요. 고향 그
리는 좋은 시라도 읽는 날이면 울컥 사무치지요. 그럼
요, 그렇구 말구요.

　돌아간다는 것, 돌아갈 곳이 있다는 것.

고향은 마음속에 있는 것이란 말
정들면 고향이라는 노래
참말이면서 거짓말.

내게는 차마 고향이 없다
그러니 어쩌면
다 고향이다, 어쩌면.

떠돌다보면

떠돌며 사는 동안 저절로 깨우친 것 더러 있다. 슬픔은 무겁다는 것, 외로움은 생각보다 단단하다는 것, 그리움은 뜻밖에도 날카롭다는 것.

떠돌다보면 떠나온 곳은 있는데 돌아갈 곳은 없는 때가 많고, 그럴 때 슬픔은 더 무겁고, 외로움은 더 단단하고, 그리움은 더 날카로워진다는 것.

해질녘 하늘과 땅의 경계
가물가물 아스라해질 무렵
붉게 물든 구름 속에 보인다
사막에 부는 모래바람처럼
이리저리 멋대로 휩쓸리며
써걱써걱
살아온 지난날들

사막에는 이정표 없어 방향마저 흐릿하지만
앞서 간 사람 발자국마저 없어 먹먹하지만
영혼 활짝 열면 알 수 있지

자연히 알 게 되지
오래 떠돌다보면

하나 더하기 하나

1 + 1 = 1
이렇게 말했다가 크게 혼났다
본디가 하나이고
영원히 하나일 뿐인데
뭐가 1 + 1이냐고
뭘 더하고 뭘 빼느냐고

그러나 나는 아이들에게 가르친다
1 + 1 = 1이라고, 2가 아니라고
남북으로 갈리고 찢어지고
동서로 쪼개지고 맞서도
1 + 1은 결국 1이라고

웃어도 어쩔 수 없다
그렇게 수상쩍은 나라에서
치명적인 시기에 태어났으므로
하나 더하기 하나는 하나
끝끝내 하나.
끝끝내 하나.

쨍그렁

궂은 날 욱신욱신 쑤시는 허리 두드리며
설거지 하다가
아주 야무지게 잘 생긴 접시 하나 깨먹었다
쨍그렁
이미 금 가 있던 놈인지
쨍그렁
남북 동서 아래 위 연대별로
쨍그렁

어쩌나, 다시 살 수 없는 물건인데

부엌 바닥 엉금엉금 기어 다니며
깨진 사금파리 하나하나 집어 모은다
잘 붙여서 다시 써야지, 다시

아 조심해요, 날카로워요!
손 다칠라!

세상 자꾸 깨지고 갈라진다

쨍그렁
쪼개져 박살나 사금파리 된다
쨍그렁
문득 도산선생 말씀 가슴 때린다, 번개처럼…

"적어도 동족끼리는 서로 다투지 말자.
때리면 맞고, 욕하면 먹자.
동포끼리 악을 악으로써 대하지 말자.
오직 사랑하자."

어릴 적 여자아이들은
사금파리 모아 소꿉장난했었지
너 한 그릇, 나 한 그릇
사이좋게 나눠 먹자 나눠 먹자 냠냠
그렇게 음식 나누며

찌뿌드 궂은 날이면
허리께 욱신욱신 쑤신다
꽉 막혀 피 안 통하니…

아이들

모래성 쌓았어요. 아이들과 같이 아주 열심히 쌓았어요, 시간 가는 줄 모르고 신바람 내며. 제법 그럴듯한 성 하나 쌓았지요. 제법 그럴 듯 해요.
아이들 신나서 소리치네요, 야 멋있다!

그런데 조금 뒤
작은 파도 한 더미 밀려오더니 스스르 밀려 오더니… 모래성 무너지고 스르르 무너져 없어지고, 허무하게 스르르 무너지고, 아이들 주저앉아 울먹이고, 나는 화가 나서 발길질하네요.

그리고 조금 뒤, 아주 조금 뒤
아이들 일어나 싱싱하게 소리 치네요
아빠, 다시 쌓자, 더 크고 멋지게

누군가 말했지요
아이들은 어른의 스승.

셋째 마당: 시(詩)

시가 자살한 날

　그 날 우리는 무척 많이 마셨다. 넋 놓을 만큼 마시고 싶었지만 돈이 없었다. 그래도 온 몸 흠뻑 젖을 만큼 엄청 마셨다. 시가 자살했다는 소식 듣고 도저히 안 마실 수 없었다.

　시가 자살하다니 참 시시하다.
　이 어두운 시절에 시가 스스로 목숨을 끊다니,
　유서 한 장 없이 숨 거두다니 참 시시하다.
　으시시하다.

　아니야, 자살이 아닐 꺼야! 시가 자살할 리가 없지! 이건 분명히 타살이야, 타살!
　누가 죽였을까? 그야, 우리가 죽였겠지. 도무지 시 같지 않은 시시한 시 더미에 눌려 숨 막혀 죽은 게 틀림없어, 아 시시하다!

　시의 장례식은 조용히 끝났다. 아는 사람들만 모인 가운데, 고개 푹 숙이고 울음 삼키는 가운데…

시님 불 들어갑니다.
한 줌의 재 되어 훨훨 훠얼훠얼…

자살을 소문낼 필요는 없었지… 시시하니까. 시의
죽음은 신문 한 귀퉁이에도 실리지 않았고, 아무도 몰
랐고, 알려고 하지도 않았고, 그저 아무 일 없었다는
듯 태연하게들 살았지…

시시하게 자살한 시는
절간의 말일까
말의 절간일까
절간의 말은 말 없는 말
말 아닌 말.

시님, 불 들어갑니다!

이제사 겨우

나무 사이 지나가는 바람 바라보다가 문득 사는 것이 모두 시라는 생각이 들었다. 그러므로 시와 삶이 동떨어져서도 안 되고, 우리 살아가는 한 순간 한 순간이 시라는 생각, 그걸 모르고 지나칠 뿐이라는 생각, 시는 결국 밥이나 물 같은 것이라는 생각, 살면서 주고받는 이야기들 모두 절실하면 시가 된다는 생각… 그렇게 지극히 당연한 걸 이제사 겨우 깨달았다.

사람이 이야기라면 시 또한 이야기일 것.
이제사 겨우 그걸 깨우치다니
뉘엿뉘엿 해 지는데…
노을 참 곱다.

또 새벽 오고.

시인이 되고 싶어…

시인이 되고 싶다고 생각한 건 언제부터였을까?
푸릇푸릇 싱그럽던 시절
겁 없고 고개 숙일 줄 모르던 시절
그 어느 언저리쯤이었을 텐데… 아마도

시인이 되고 싶다, 감히! 말하자면 그건 아주 고약하고 치명적인 병인데, 언제부터 시작되었는지 도무지 기억나지 않네요. 학교 앞 실개천 꾸정물 위로 봄날이면 눈부시게 샛노란 개나리꽃 열병처럼 흐드러지게 어지러웠을 때부터였을까? 헐벗은 마음으로 학림다방 근처 어슬렁거리다, 찌푸린 하늘에 외로운 별 바라보며 터덜터덜 걸어가 청계천 노점에서 단돈 5원 주고 슈바이처 박사의 연설집을 샀을 무렵부터였을까? 시인이 되고 싶었던 건…

차거운 길바닥에 깐 남루한 비닐 위에는 문고판 까뮈도 사르트르도 니체도 벌레 먹은 장미와 나란히 나딩굴어 있었지… 낡아빠진 시집도 한 두 권쯤 있었던가…

까뮤도 사르트르도 니체도 단돈 10원. 잘 깎으면 5
원. 시집 따위는 그냥 덤으로 주기도 하던 시절. 나도
덤으로 시인이 되고 싶었던 걸까…

아무튼 햇살처럼 부드럽고
따스한 손길 그립던 시절
그 언저리,
시는 끄적거릴수록 멀어져만 갔고
아득히… 짝사랑처럼

하늘이 뚫어졌나? 폭포처럼 퍼붓는 소낙비 고스란
히 맞으며 친구와 둘이서, 물바다 된 아스팔트길 철
버덕철버덕 헤치며 불란서 영화 보러갔을 때부터였을
까? 그때 왜 그 영화를 꼭 봐야 한다고 생각했는지…
그때 본 영화가 아마 자끄 따띠의 <몬 옹클>이었지. 너
무 우습고 재미있고 짜릿해서 온몸 흠뻑 젖은 줄도 몰
랐지, 보는 동안 마음이 저절로 젖어버렸는데… 그때
부터였을까? 시인이 되고 싶어 안달한 것은… 아마 그

럴지도 모르겠네.

　짝사랑은 늘 시큼털털
　비릿하게 끈적이는 아쉬움 아리고

　느닷없이 르네상스맨이 되자고 외치던 검정 도꾸리
의 친구는 홍제동 집에서 연건동 학교까지 서울을 가
로질러 그 먼 길 걸어다녔지, 차비 모으려고. 돈 모이
면 싼 극장 뒤져 괜찮은 영화 보거나, 헌책 사고, 때
론… 종로 3가 어느 뒷골목 어느 퀴퀴한 방으로 스며
들어 별 만들었지. 얇은 벽에 구멍 내면 반짝이는 작은
별 태어나고 또 태어나 가냘프게 반짝거리고… 생각해
보니 그건 시였지.
　정말 그 무렵부터였을까? 시인이 되고 싶어 안달
한 것은…

　별은 반짝이기 때문에
　시.

아카데미극장, 화신극장, 한일극장, 평화극장 또는 경남극장… 총천연색 시네마스코프 동시상영 조조할인… 거기서 우리는 장 꼭도의 시인의 피를 보았고, 루이 주베의 북호텔에 머물고, 제랄 필립의 육체의 악마를 피해, 나의 사랑 마리안느를 만나고, 초원의 빛이 눈부셨지. 호세 화라가 로트렉으로 나오는 물랑루즈를 본 것도, 외로운 광대 찰리 채플린을 비롯한 수많은 시인의 영혼을 만난 것도 그 퀴퀴하고 어두운 스크린, 비 내리는 은막…

종로 5가 한일극장인가 평화극장에서 장동휘, 황해, 박노식, 허장강이 명연기(?) 펼친 송화강의 3악당이라는 실로 얄궂은 영화를 보고 나와 너무 허전하여 극장 앞 국수집에서 10원짜리 국수 후루룩 후루룩 먹으며 우리는 시를 생각했을지도 몰라, 아마 그랬겠지.

도대체 시라는 것이 이 맛있고 푸짐한 10원짜리 국수보다 한참 하잘것없을 지도 모른다는 생각, 틀림없이 그럴 것이라는 확신… 그래도 시인이 되고 싶었다, 허름한 시인이…

철없던 그 시절 우리는 약속했지 낄낄거리며

우리 30년 후 모월 모일 모시 정각에 파르테논 신전 기둥 앞에서 다시 만나 막걸리 한 잔 하자

그러나 한 친구는 덧없이 세상 떠났고, 나는 돈도 시간도 아무 것도 없었고, 다른 친구들은 약속조차 까맣게 잊어버렸지

우리 약속했던 그 모월 모일 모시 파르테논 신전 기둥 앞에는 관광객들 바글바글 기념사진 찍기 바빴겠지

우리 그 약속할 때

교정 밖에는 최루탄 가스 자욱하고

완전무장한 전투 경찰대 학교 안으로 밀고 들어와 닥치는 대로 보이는 대로 잡아가고

우리는 그렇게 철없고 서글프고 순진(?)했지

샛노란 개나리 흐드러지게 피고 바람 씩씩하게 부는데 시는 무슨 놈의 시.

그래도 시인이 되고 싶어

하늘을 봐도 땅을 봐도

시인이 되고 싶어서
자꾸만 시가 마려워, 쉬가 마려워
마지막으로
점심 굶은 돈 모아 등사판 시집을 한 권 내고,
우리는 장열하게
시와 이별했다. 안녕! 늘 행복하기를!

그렇게 우리 젊은 날과 함께 시는 갔다.

그리고 이제 지는 노을 바라보며 언덕 내려가는 지
금, 아직도 그래도 여전히 시인이 되고 싶은지 스스로
에게 묻는다. 되고 싶다고 대답한다. 이 나이 되도록
아무튼 햇살처럼 부드럽고 따스한 손길이 그리워서…

시인이 되었으면 정말 좋겠다고…

춥고 무거운 세월 한참 지나, <삼팔선 아리랑> 만나
던 날 문득 시가 나를 두들겼다. 일어나라, 아침이다,
시인이 되고 싶다면서 늦잠을 자다니! 썩을 놈!

사발그릇 깨지면 여러 동강 나지만
　삼팔선 깨지면 하나 된다네
　삼팔선 아리랑 만나고부터 자꾸 시가 마렵다. 시가
마려워 아프다. 시가 삼팔선을 깰 수 있을까? 하나되
게 깨부술 수 있을까, 시가 삼팔선을?

오늘의 시인들

시인 하나가 고독하다며 칭얼댄다
시다. 시거든 떫지나 말던가

시인 둘이 시 팔아 밥이나 먹을까 두리번거린다
시답지 않다. 하늘 높고 맑은데

시인 셋이 술 마시며 키재기 한다
시시하다. 으시시시시시시시하다

시인 넷이 모여앉아 수다 떤다
시끌시끌 어지럽다. 온 사방 고요한데

시인 다섯이 단체 창립하고 회장 선거한다
시시껄렁하다. 시시시시시껄렁하다

나도 모르게 시인인체 한다
시답지 않다 시시하다 으시시시시 떨린다.
시다운 시 쓰기는 애저녁에 글렀다.

솔거의 소나무

어쩌다 잘 생긴 소나무 만나면
솔거의 시 춤춘다
솔거는 시인이다
그림으로 노래하는 큰 시인

솔거가 그렸다는 황룡사 노송도
새들이 날아와 앉으려다
미끄러 떨어졌다는 그 그림

새들은 왜 날아왔을까
솔향기 때문
생명의 냄새 때문

솔거는 울었겠지, 늙은 소나무 그리며 속으로 속으
로 울었겠지.
황룡사 그 기둥, 얼마 전까지 푸르르게 살아있던
소나무님이신데, 천년을 살아오신 신령한 나무님이신
데… 이렇게 버혀져 껍질도 없이…

그림으로라도 다시 사세요, 소나무님, 제 못난 그림
으로라도… 붓질 한 번 하고 한 번 절 하고…

　　새들이 날아온 건
　　솔거의 눈물 때문

　　부처님 모실 집 지으려 얼마나 많은 나무들 버혀졌
나. 소나무 앞에 엎디어 흐느끼며 절하고 솔거는

　　가지 그리고 절하고
　　줄기 그리고 절하고
　　잎 그리고 절하고
　　솔내음까지 그리고 깊게 절하고

　　절집 벽에 소나무 그린 뜻은 죽은 나무 넋 기리기,
죽은 나무 살리기

　　새들이 날아온 건
　　목숨 귀한 줄 아는 까닭

너무 늦지 않았을까

저녁노을 바라보며 언덕 내려올 때
구름의 표정 그렇게도 풍부하다는 걸
비로소 알았네
구름이 내게 거는 말 한두 마디
겨우 알아들을 듯도 하네

진즉에 구름 그리는 친구에게
배웠어야 하는 건데

이제라도 늦지 않았을까
구름과 더불어
노닐 수 있으려나

아주 늦지는 않았겠지
설마 아주 늦어버리지는…

친구네 집

그 시절, 친구네 집은
홍제동 개천가에 얌전하게 엎드려 있었네.
어머니 품처럼
아늑하고 편안했네.

무악재 고개 올라 홍제동 언덕 넘어
화장터 높다란 굴뚝 지나 개천가
나지막이 엎드린 그 집에 잠들러 가면
퀴퀴한 시궁창 냄새 사람냄새처럼 구수하고
오리들은 뒤뚱거리며 꽥꽥.
갓난아이가 손가락으로 퐁퐁 뚫어놓은
문창호지 사이로 찬바람 솔솔
바람결에 실려 늙은 아카시아 나무 향기

날마다 매캐한 냄새, 날마다 흐르는 눈물
세상이 험상궂어도 우리는 전혀 의심하지 않았네
학교 문이 까닭 모르게 닫혀 있어도
우리는 도무지 불평하지 않았지.

하고 싶은 말 많아도 입 꾹 다물고
애매하게 웃기만 했네
아니, 몰랐네. 정말 몰랐네.
감히 앞에 나서지도 않았지. 감히 그럴 생각도 못 했네.
겁이 많아서였겠지, 눈치 보느라고
아니면 아예 철이 없었던가, 멍텅구리였던가
혹시는 예술이라는 괴물에 붙들려 있었던지…
그래, 그랬을 꺼야. 어지간히도 겁이 많았었지 그 때는

늘 가난했지만 별로 불편하지 않았네
밥을 굶어도 든든했네, 그 시절에는
세상을 부피가 아닌 무게로 깊이로 가늠했던
그 시절에는
수학을 잘 못 했던 것이 얼마나 다행이었던가

친구가 짝사랑하는 여학생네 집 찾아
황량한 도시 뒷골목 꼬불꼬불 헤매다 지쳐
그럴 때면 화장터 높은 굴뚝 보이는

친구집에 스며들어 그림자처럼 깊게 잠을 잤지
그 집에서는 늘 편안하게 푹 잠들 수 있었네
시궁창 냄새에 아련히 취해…
깊이 잠들면 세상이 복잡하지도 않았네.

아침이면,
어여 일어나 밥들 먹어라
어머니 목소리 정겹고
밥 먹고 또 매캐한 하루를 시작할 때
예술은 여전히 거부할 수 없는 괴물.
그 예술이라는 고약한 친구
지금은 어디서 무얼 하고 있을까
평안하신가?

지금은 자취도 없이 사라진
그 집 문득 그립네,
어여 일어나 밥들 먹어라
따스하던 그 소리 몇 번이고 다시 듣고 싶네.

홍제동 개천가
그 시절 내 친구네 집
지금은 없는 납작한 집.

슬금슬금

이제야 고백한다. 참 부끄럽고 비겁하게 쭈뼛거리며 살아왔다. 단 한 번도 불의에 맞서 몸 던져본 적 없다. 무서웠다. 알량한 소시민의 행복 붙들고, 바들바들 떨었다. 그 끈 놓치면 죽는 줄만 알았다. 정말 그렇게 알았다.

주위의 많은 벗들 당당하고 용감하게 맞서 싸우다 얻어터지고 감방에서 명예롭게 별 달고 있을 때, 나는 슬금슬금 그들을 피했다. 겁이 났다. 두려웠다.

뒷골목 대폿집에 퍼질러 앉아 예술은 어디까지나 순수한 것이라고 스스로를 속였다. 속이려고 발악했다. 젊음의 낭만이 어쩌구 저쩌구…

무엇이 사람을
사람답게 하는가

세상 더 험악해졌을 때 무슨 팔잔지 나는 미국땅에 살고 있었다. 이렇게 편하게 잘 살아도 되는 건지 자책하면서… 직장에서 쫓겨나고 감방에서 피 토할 친구들 생각하면서 또 슬금슬금 피했다.

　슬금슬금 피하는 것이
아예 버릇이 되어버렸다.

　그리고… 세월 흐르고 세상 바뀌고 별 주렁주렁 단 친구들, 별 번쩍이며 출세한 친구들 나타났을 때, 거들먹거리며 나타났을 때… 나는 또 슬금슬금 피했다. 그들은 나를 불쌍한 벌레 보듯 했고, 나는 그들이 어딘지 불결해 보였다.
　예술은 순수하다는 생각은 어느새 누더기가 되어버리고, 부끄러움도 모이고 모이면 힘이 된다고 믿기 시작했다. 밤마다 부끄러움이 힘에게 보내는 편지를 썼다. 부끄러움이 모이면 뻔뻔스러워지고, 뻔뻔스러움은 힘이라고… 슬금슬금 천리를 간다고… 그렇게 쓰며 훌쩍거렸다. 그리고 또 이슬 고운 새벽이 오곤 했다.

　그렇게

슬금슬금 세월 흘러
여기까지 왔다.
슬금슬금… 엉금엉금…

필란디아를 들으며

우리는 필란디아를 듣고 또 들었지
학림다방 구석 자리 낡은 의자에 돌멩이처럼 파묻혀
머나 먼 나라의 애국 교향시
밤 바아 밤바 밤바라 밤밤밤 바암
무슨 놈의 밤이 이다지도 많고 깊으냐고 낄낄거리며
그 나라는 밤이 와도 아직 밝다는데
밤바라 밤밤 밤바 밤바아
어느새 울컥해져 눈시울 뜨거워졌지
밤바라 밤밤 밤바 밤바아
우리가 믿었던 나라사랑, 도산의 말씀처럼
 "작은 일이라도 내가 맡은 일을 열심히 하면
그것이 곧 나라를 사랑하는 일이다."
그렇게 근본적 사랑이라고 믿었던 나라사랑은
그러나
애매하고 맥없이 손가락 사이로 빠져나갔지
밤바라 밤밤 밤바 밤바아
몸짓이 아니었기에 춤사위가 아니었기에
그렇게

최루탄 연기 속에 쓸려가 버리고 말았지
가랑잎처럼 또는 전우처럼…
우리는 그저
필란디아를 듣기만 했지
밤바라 밤밤 밤바 밤바아

이제 사막 건너 나이 들어
어쩌다 필란디아를 들으면
가슴이… 가슴이…
그 시절 우리가 믿었던 나라사랑 그리워
새삼스럽게 쓰다듬으면서
우리나라 중허리 비무장지대 어드메쯤에서
바람 소슬하고 달 밝은 풀밭에 길게 누워
다시 듣고 또 듣고 싶어지네
먼 나라의 애국 교향시 필란디아
밤가라 밤가 밤가 밤가
밤가라 밤가 밤가 밤가
그렇게

어두운 밤은 가고
그렇게
늙은 필란디아 들으며 새벽 맞고 싶네
방가워 방가 방가 방가 반가워
남과 북이 손에 손잡고
방가워 방가 방가 방가 반가워 방방 방바앙

좋은 서부 나쁜 서부

어린 시절 우리는 서부영화를 엄청나게 좋아했었지요. 무슨 수를 써서든 보고야 말았어요.

나쁜 서부들이 온갖 극성부리는 마을에 연기처럼 홀연히 나타나, 가슴 속 깊은 상채기 감춘 채 홀로 나타나, 온갖 어려움 아슬아슬하게 이겨내며 아리디 아린 사랑을 하고… 마지막 순간 드디어 나쁜 서부들 통쾌하게 물리치고, 장렬하게 물리치고… 검붉은 노을 속으로 표표히 사라지던 정의의 사나이…

너도 나도 박수치며 좋은 서부가 되고 싶어 안달을 했지요. 그 땐 그랬어요.

아란 라드, 게리 쿠퍼부터 존 웨인, 헨리 폰다, 빡빡머리 율 브리너, 악다구니 리처드 위드마크 거쳐 클린트 이스트우드까지 배우 이름도 줄줄이 꿰었지요. 야리야리 매혹적인 그레이스 켈리, 험악한 악당 전문배우 잭 파란스라는 이름까지도 달달 외었지요. 좋은 서부 이름 외우기 시합도 했으니까요… 유식한 친구들은 클린트 이스트우드는 동쪽 숲에서 왔다고 우기고,

우리는 동쪽 숲이 어디냐고 물었지요. 기억나세요?

철없던 그 시절 우리는 좋은 서부의 모든 것을 믿었어요. 조금도 의심한 적 없어요.

사람 죽이는 걸 그렇게 멋있다고 믿었어요.
사람 죽이는 건 당연한 일이고,
어떻게 짜릿하게 죽이는가만 숨죽여 바라봤지요.
어떻게 아슬아슬하고 멋지게 죽이는가 시합이었지요.

나쁜 서부는 당연히 죽어야 한다고 믿었어요. 왜냐하면, 나쁜 사람이니까요. 죽어도 싸다고 믿었지요, 나쁜 사람이니까 가능한 한 고통스럽게 죽어야 한다고…
나는 당연히 좋은 서부 편이고, 좋은 서부이고 싶다고 생각했으니까요. 그땐 그랬어요.

총 먼저 번개처럼 뽑아서 재빨리 먼저 쏘는 게 그렇게도 위대해 보였어요, 그 시절에는. 영점 일초가 결정

적으로 중요했지요. 그땐 정말 그랬어요.

아 그래요, 기억나세요? 좋은 서부가 허리춤에 손만 가져가도 나쁜 서부들 추풍낙엽처럼 무더기로 나가자빠지는데, 우리의 좋은 서부는 총알을 소나기처럼 맞고도 장엄하게 천천히 쓰러져 금발 머리 애인 품에 안겨 할 말 다하고… 드디어는 다시 일어나 모두 물리치는 것, 그것이 지극히 당연하다고 믿어 의심치 않았어요.

그것이 정의라고 믿어 의심치 않았어요.

아무리 험악한 악당일지라도, 혹시 내가 다칠지라도 절대 등 뒤에 대고는 총 쏘지 않는 게 그렇게도 늠름해 보였지요. 황야의 무법자 휘파람 소리 거느리고 나타나 구멍탄처럼 생긴 따발총 갈겨대기 전까지는…

기병대들 먼지바람 일으키며 떼거지로 나타나
헐벗은 인디언 무리 무참하게 쓰러트리면

자리 박차고 일어나 환호하며 박수치던 그 철없던 시절…

그때 그 시절 아메리칸들은 좋은 서부가 이기지 않으면 영화가 끝나도 자리에서 일어나지 않았다는군요. 진짜로 그랬대요.

좋은 서부가 지는 걸 참지 못해요.
물론 지금도 그렇지요.
하나도 변하지 않았어요.

그 많던 좋은 서부들 지금은
모두 어디 갔나? 보이지 않네.

세월 흘러 서부 사나이들 변해 경찰이 되고, 007 되고, 용감한 군인, 우주의 전사, 인류 지키는 보안관 되었지만, 변한 건 없어요. 하나도 변하지 않았어요.
좋은 서부는 반드시 결정적 필연적 절대적으로 예

외 없이 멋들어지게 감동적으로 이겨야만 해요. 단 하
나의 예외도 용납할 수 없다 그렇게 우겨요. 그러지 않
으면 견디질 못해요.

그런데 지금은 그렇게
철없는 시절이 아니네요.
우리도 커서 어른이 되어
알 건 다 아네요.
그 멋지던 좋은 서부 지금은
모두 어디로 갔을까? 보이지 않네.

넷째 마당: 노을길

이제

이제
우리 나이
어지간히 시들고 저물어
저녁밥 기다리며
한창 출출할 때

저녁상 물리고 숭늉 한 잔 마시고
호롱불 끄고 누울 때까지
무얼 할까 곰곰
궁리하다 어느새 스르르
잠드는 때

누군가 쫓아오는 것 같았는데
같이 가자고 소리치는 것 같았는데
뒤돌아보니 아무도 없고
아무도 없고…

멀리 사는 오랜 친구가 보내온 말 새록새록

야트막한 동산 하나 오르고 내려가는 인생 내리막길
우리가 이제 아쉬워 아름답고, 못 다해 슬픈
지난 시간을 되돌아보는 위치에 섰군!
철없어 시건방지기도 했지만,
아리고 서럽고 부끄러운 기억들이 넘쳐
눈물로 수르르르 내리네!

다시 얼굴 볼 때까지 건강하게 잘 살아주시게!

이제
꽃처럼 슬그머니
사라지는 연습할 때
아무 일도 없었다는 듯 슬그머니
그렇게…

그래도 향기 조금은 남았으면
아주 아주 조금이라도…

군더더기

군더더기 너무 많았다
지난 세월은 너저분하게
주름마다 먼지 쌓이고

나를 중심으로 우주가 돈다고
그렇게 생각하며 살았다
철없이.
돌아보니, 모두들 그렇게 생각하며
산다.
우주끼리 부딪친다
부딪치는 것이 삶이다? 그런가, 정말?

대답하라

묻는다
거짓 없이 대답하라

누군가를 사무치게 그리워한 적 있는가?
없는 것 같은데요…
사랑 위해 목숨 걸어본 일 있는가?
없습니다.
높은 봉우리에 홀로 서서 흐느낀 적 있는가?
문득 뛰어내리고 싶은 적 있는가?
없는데요.

너는 헛살았으므로
지옥으로 내려가거라
군소리 말고 슬그머니 자취 없이…

혹시 사랑이 없었다면
사는 게 한결 헐렁하고
쉬웠을지도 몰라

사랑이 아니었다면
사람 사이가 한결 넉넉하고
자유로웠을지도 혹시 몰라

내리막 길

낡은 자동차 하나 털털거리며
요란하게 지나간다
브레이크 잘 안 듣고
물 새고 연기 풀풀
그래도 용케 굴러는 간다
굴러는 간다

지금은 내리막길
위험하다, 조심해라

겨울비

겨울비 차갑고 가슴 서늘한 날
술 한 잔 걸치면
먼저 간 친구들 줄레줄레
찾아와 말 건다
두런두런 수군수군
빗소리 정겹다
같이 가자며…

즐겁게 놀고들 계시게나
나도 곧 따라갈 테니
술이나 조금 남겨 놓으시면 고맙겠고

낮은 곳

이 나이 되도록 아직도
몰랐다니
가장 낮고 누추한 곳이 가장
아늑하다는 걸

아아 나는
오늘도 잔뜩 의심의 눈초리로
세상을 노려보지만
얻는 건 아무 것도 없다.

그래도 나는 끝끝내
추상명사가 아니다.

모두들 저 높은 곳으로 기어오를 때
땅바닥 기어 다니며 흙냄새 맡았을 뿐
높이와 넓이의 차이일 뿐
부피와 깊이의 차이일 뿐
이제 겨우 알겠네

가장 낮고 누추한 곳이 가장
아늑하다는 걸

나는 끝끝내
추상명사가 아니라는 걸.

평평하다

어느 날 갑자기 그림자가 없어졌다. 하늘의 태양은
분명한데 그림자는 없다. 그까짓 그림자 없으면 어때
했는데
둥둥 떠다니는 것처럼
허전하다.
모든 것이 평평하게만 보인다
울퉁불퉁 평평하게.

불 켜지마!

-왜 이렇게 어둡지?

-글쎄… 해가 져서 그렇겠지 뭐

-촛불이라도 켜지

-아니야, 그냥 이대로가 좋아. 불을 켜면 어둠이 부끄러워서 모두 날아가 버릴 텐데…

-어둠이 좋다구?

-포근…하잖아…

　어둠은 투명하고 공평하거든, 사랑처럼

　뭔지 모를 힘으로 우리를 감싸는 사랑처럼

　부드럽게 쓰다듬는 사랑처럼

　바닥에 쌓이는 슬픔처럼…

그러니까, 불 켜지마

-공평하고 부드럽기야 빛도 마찬가지지

-빛은 그림자를 만들잖아. 감쌀 줄을 몰라… 때론 숨기고 싶은 것도 있는 법인데 말이야…

　그러니까, 불 켜지마.

흐릿한 사진

누가 언제 찍었나
초점 안 맞는 사진 한 장
흐리멍텅 희뿌연 사람들
누가 누군지 희미하고
웃는 건지 우는 건지
마음 축축하다

허겁지겁 떠밀려온
내 인생도
초점 안 맞는 사진, 희뿌연.

위험한 술

다 잊은 줄만 알았던 상처 불쑥 되살아나
욱신거릴 때
그럴 때 마시는 술은
위험하다, 매우…
더구나 혼자 마시는 술은 더…

이제 그만 퇴장하라

그래 이제 그만 무대에서
내려올 때.
대본에 그렇게 써있다
"이름 없는 사나이 쓸쓸하게 퇴장한다."

뉘엿뉘엿 해 저물고
이제 집에 가서 발 씻고 이빨 닦고
잠잘 시간

수고 많으셨습니다
여기까지 오시느라 욕 많이 보셨으니
이제 좀 편히 쉬시지요
바다처럼 평평하게
파도처럼 오락가락 노래하며
편히 쉬시지요

아직은… 멀쩡한데…

미안합니다
거슬러 올라가는 길은
없습니다.
이제 그만 쉬시지요

멋진 등장도 없었고
화려한 빛 한 번 제대로 못 받았는데
벌써 퇴장이라니요

투덜거리지 마라
잔뜩 긴장한 채
등장 기다리는 다음 인물 있으니…

수고했다.

잠자는 모습은 누구나
비슷하다니
그나마 다행

수고했다
노을 참 곱다
소주 한 잔 걸치고 집으로
꿈 속으로

그래도 쫑파티만은 걸판지게 할 수 있으려나

아니다,
모든 떠나는 것은
깨끗하게 떠나야 한다
끈적이지 말고 머뭇거리지 말고
흙에서 왔으니 흙으로…

대본에 그렇게 써있다
이제 그만 퇴장하라!

묻지 마라

어디로 가는지 묻지 마라
나도 모른다
처음 가는 길이니…
무슨 옷 입어야할 지도 모른다

아마도 온 곳으로
되돌아가는 거겠지
그래도 처음 가는 길이니…
제일 좋은 옷 깨끗하게 빨아 입고
맑은 정신으로 씩씩하게

친구가 남긴 말
2012년 10월14일 일요일 밤 마일로 점잖게 잠들다

참 의젓하고 정 깊던 친구
덧없이 불쑥 갔다.

어디가 어떻게 얼마나 아픈지
말도 못하고 속으로만 괴로워하며
살려달라고 간절히 눈으로 호소하며
가녀린 신음소리 몇 번인가 내고는
응급실 달려가는 길에
하루 종일 졸졸 따르던 이
따스한 품에 아이처럼 동그마니 안겨
점잖게 눈 감았다.

내 안에 살아 숨 쉬던 목숨 하나
문득 깃털처럼 날아가 버리고
축축한 슬픔 내리고
끈끈한 어둠 깔리고

미안하다
무심한 인간들이
부끄럽다, 그저 부끄럽다.
부끄러워 아픈 눈물 흘린다.

그래 네가 남긴 말 새겨들으마.
죽음이란 이렇게 느닷없는 거예요.
부디 열심히들 사세요.
안타까워 말아요
내 목숨만큼 누군가가 더 사시겠지요,
부디 행복했으면 좋겠네요.
사랑해줘서 고마웠어요,
또 만나요.

편히, 부디 편히
잠들기를, 좋은 꿈꾸며…

그러니까 결국

그러니까 결국
행복하게 죽었으면 좋겠다고… 생각한다.
스러지듯 슬그머니 그렇게

악다구니 쓰며 싸우다
피 토하며 발악하지 말고
사랑하는 이들에게 넉넉한
웃음 보이며
선하게 눈 감는…

아무리 생각해도
삶은 싸움이 아니다

그러니까 결국
다투지 않으면 비록 가난해도
악다구니 쓰지 않으면 비록 누추해도
피 터지게 싸우지 않으면 비록 초라해도
행복하게 숨질 수 있으려나… 혹시

지은 죄 크고 많으니
행복까지 바랄 순 없어도
조용히 모래알처럼 바람에 흩날려갔으면
조용히 자취 없이

애초부터 없었던 것처럼…

다섯째 마당: 오랜 벗들에게

* 이 시들은 오랜 벗들에게 주는 선물이기도 하고, 내가 요새 시도하고 있는 시로 쓴 미술평론 또는 작가론들이기도 하다.

이용준 작, <친구 장소현의 부모님>, 부조

구름 그리기
-이용준의 구름그림

구름만 십년 넘게 그린 친구가
슬며시 말했네,
구름은 어쩌면 하늘의 한숨일지도 몰라
아니면 초연함일지도…

하늘도 한숨을 쉬시나?
아무렴 세상이 하 한심하니
내려다보기 지겨워 차라리 눈 감고
한숨 쉬시지, 뭉게뭉게…
잘 보면 보일 꺼야. 잘 봐.

구름과 구름 부딪쳐 소리치며
슬픔 되어 흘러내리듯, 주룩주룩
우리네 인생살이도 그렇게
흘러내리니, 주르륵…

어쩌면 희망이 액체로 변한 것인지도 모르지
액체 희망이라.

친구가 말한다.
"구름이 세속의 잡다한 유정을 넘어 초연한 이미지를 담는 것이 내가 구름에 매력을 느껴 그렸던 큰 이유 중 하나이네. 난 긍정이거나 초연함을 좋아한다네…"

그런가, 정말?
구름이 무심하다는 건
정말 모르는 소리
구름이 가볍다는 건
더 모르는 소리

어느 날 문득 구름 그리기 그만 두며
친구가 말했네,
인생이 구름 같아서
더는 못 그리겠네…
그저 바라만 봐야겠네
바라보기만도 벅차네.

기도로 빚는 흙
-윤석원의 조각

흙 빚어 형상 만드는 일은
본디 하나님의 거룩한 일.
그걸 잘 아는 내 친구는
흙 빚으며 늘 기도한다.

흙 다듬는 손이 가볍게 떨리는 것도
기도하기 때문,
마음 떨리듯 그렇게 다소곳이…

한 평생 같은 작업을 하면서
지치거나 게으르지 않는 것도
우쭐대거나 서두르지 않는 것도
허겁지겁 어디론가 달려가는 이웃들에게
웃으며 손 흔들 수 있는 것도,
하나님의 일 감히 대신한다는
크나 큰 송구스러움 때문.

주름살 이만큼 늘어갈 동안 깨달음 한 두 가지

윤석원 작, <수난>, 브론즈

어찌 없으랴, 어찌 없으랴.
기도는 꾸밀수록 가벼워지고
누추한 기도일수록 아롱다롱 치장 다는 법
다급할 때만 올리는 기도란
요란하고 시끄러운 법, 요란하다는 것…

그러므로, 내 오랜 친구는
헐벗은 마음으로 엎드려 기도할 수밖에…

피 흘리며 괴로워하는 청년의
맑은 얼굴 빚을 때도
가시면류관 씌울 때도
가볍게 떨리는 손 위로
눈물 떨어지는 것은
흙 빚기가 바로 기도이기 때문,
흙이 곧 사랑이기를 기도하기 때문…

흙(土)은
땅(一) 위에 서있는 십자가(十)

박충흠 작, <산-하늘문>, 동쪼각 용접

빛 가운데로
-박충흠의 빛 그릇

빛 가운데로 살며시 들어가
포근히 안겨 아련히 잠들다 문득
광년(光年)이라는 낱말 떠올린다,
빛의 속도로 일 년을 쉬지 않고 달린 거리⋯
아득하다.
지금 내 얼굴과 가슴을 어루만지는
이 빛은
저 가물가물 먼 곳으로부터 몇 억 광년을
달리고 달려온 빛⋯
거룩하도다.

그 거룩한 빛을 담는 그릇은 그저
쇠쪼각 이어붙인 물체 덩어리가 아니다
빛이 머물다 퍼져나가는
어쩌면 성전 같은 곳.

빛 가운데 서서
빛 우러르며

내 마음에도 무수히 구멍 뚫려
공기 통하고 바람 지나가고
빛이 노래했으면 얼마나 좋을까
사람들 마음이 모두 그러하면 오죽 기쁠까
기도한다.

＊

아무 것도 없이 가난하던 시절, 프랑스 시골. 식구들 저녁 끼니를 위해 작은 연못에서 낚시를 하던 중 갑자기 쏟아지던 비가 갠 순간⋯ 아, 천지가 맑고 투명해지면서 바람에 흔들리는 나뭇잎들 사이로 반짝이던 빛을 보았네.

태초의 빛으로 세례를 받는 듯 했지. 납작 엎드렸지, 모든 허울 벗어버리고⋯ 울었네, 오래도록 눈물 흘렸네, 눈물이 나를 닦아주었네, 깨끗하게⋯

그때 그 빛⋯ 찬란한 빛

축축한 땅에 털퍼덕 무릎 꿇은 온 몸에 쏟아지던
빛 세례
빛은 틈새로 들어왔네.

그리고 오랜 세월 지나 문득 그때 그 빛 번개처럼
다시 찾아왔네. 나뭇잎 사이로 비치던 찬란한 햇살의
기억… 세상 다시 열리고 틈새로 빛 들어오네, 찬란
하게…
빛이 통하는 조각, 바람이 드나드는 조각.
조각이 꼭 덩어리여야 하는가?
틈새, 그 틈새로 빛 들어오고…

틈새는 아름답다
아주 작은 틈새일지라도
빛이 지나가면… 희망이 된다.
새 세상 열린다.
거룩하도다.

✻

화장터 한 가운데 얕은 물 위에
커다란 은빛 꽃 한 송이 떠있다.
저 멀리 아득한 곳에서 내려 온 빛
은빛 꽃잎에 부딪쳐 반짝이고
물 위에는 그림자 깊고 그윽하다.
넋들이여 한 줌 재 되기 전에 잠시
여기 머물러 쉬다 가시라.
저 빛은
먼저 간 벗님들의 세상에서
보내온 빛이니, 은은한 노래이니
여기 잠시 머물다 가시라.

✻

벗들, 여기 들어와
하늘을 올려다보시라

본디 하늘은 올려다보는 것.

아, 지금 반짝 지나간 빛은
저 멀리 어느 별에선가
수억 광년 전에 누군가가
쏘아 보낸
사랑의 신호, 혹은 작은 휘파람 소리
그래서 저렇게 수줍게 떨리는 것

그래,
우리가 지금 보낸 답신은
또 수억 광년 뒤 어느 별에
전해지겠지, 가녀린 떨림으로…

벗들, 여기 들어와 빛 듬뿍 받으시라
빛 목욕하시라. 맑아지시라.
커다란 덩어리도
작은 빛 한 줄기에 무너져 내리듯

더러워진 우리 마음은 따스한 빛으로 닦아야
햇빛으로 닦아야

쓰레기 섬 위에 우뚝
빛바라기 하나.

＊

빛은 서로 부딪쳐도
싸우지 않는다
서로 어울려 조금 더 밝고 넓은
하나가 될 뿐…
아름다워라.

빛에는 껍질이 없다, 모양도 없다
아무 그릇에나 가득 담기고
어떤 공간도 꽉 채운다.
안과 밖도 없고 누구에게나 공평하다

빛은 썩지 않는다
모든 생명의 근원이므로…
평화로워라.

＊

"나는 땜쟁이다… 언젠가 누군가가 내게 물었다. 이렇게 수많은 조각들을 일일이 붙이려면 얼마나 짜증나고 지겹겠느냐고. 그러나 수 천도의 고열이 발산되는 불대를 잡고 온몸의 신경을 집중시켜 한 점 한 점 때우다 보면 모든 잡생각이 사라진다. 머릿속이 맑아지고 마음은 평온해진다. 나를 비우게 된다."
친구의 호는 '쪼각'이다,
쪼각들 모여 큰 세상.

＊

빛은 막힌 곳을 억지로 뚫으려 하지 않는다

틈이 생기기를 묵묵히 기다릴 뿐
아주 작은 틈새라도 생기기를…

태초에 빛이 있었다.
지금도 물론 있고
내일도 모레도 찬란할 것이다.
거룩하여라.

빛이 거룩하매
빛을 머금을 그릇을 빚는 이는
늘 뜨겁고 겸손하다, 수도사처럼…

태초에 빛이 있었다.
참
아름다웠다.

숨 쉬는 쇠
-김승희의 쇠 작품

따스한 쇳덩이 보았네
꿈꾸는 쇠가 그렇게 보드랍게 새근새근
숨 쉬는 줄
새삼스레 알았네.

쇠로는 무기나 돈밖에 만들 줄 모르는
욕심쟁이 인간들 세상이지만,
그 반대편 바라보며 예술가의 더운 가슴이 지은
보드라운 쇳덩이
슬며시 만져보고
고개 숙였네

쇠도 숨을 쉬는구나, 오호!
철판도 노래하는구나 두런두런…
차가운 쇠 뜨거운 불과 어우러져

쇠가 나무가 되고 산이 되고 꽃으로도 피어
쇠들이 노래하고 춤추는 세상

김승희 작, <풍경 2006>(부분), 금속 부조

시원하게 바람 통하고 맥박 뛰는 세상
아름답다. 빛난다.

꿈꾸며 따스하게 숨 쉬는 쇠조각 앞에
오래 서있네… 그렇게 말없이…
또 하나의 쇠붙이가 되어 섰네.

한운성 작, <욕심 많은 거인>, 판화

욕심 많은 거인 채집
-한운성의 그림

찌그러진 코카콜라 캔으로 가득 찬
그림 하나 벽면에 덩그라니
그 때 충격 지금도 생생하다

황량한 필라델피아 추운 겨울날
친구가 졸업전시회를 한다기에 갔더니
거기
누가 밟았을까
무참하게 찌그러진 코카콜라 캔 하나
화면 가득히
제목은 욕심 많은 거인
그리고 눈 먼 신호등들…

감히 아메리카 제국의 상징을 찌그러트리다니
그것도 미국땅 한 복판에서 무엄하게
동강 난 조그만 나라 코리아에서 온
얼굴 노란 유학생 주제에!

아, 됐다!
이 정도면 존경할만 하다
짜부라져가는 미국을
그 옛날 벌써 읽어 내다니
월남전, 밥 딜란, 히피, 팝 아트, 그래피티
어수선하지만 기세등등하던 그 시절에…

눈 밝은 친구
손 매서운 화가
정신 날카로운 코리안 젊은이

한 시인이 노래하기를
 "콜라는 아메리카 성인들의 모유" *
아이구 저런 어쩌나
모유병이 짜그라져 버렸으니
욕심 많은 거인은 무얼 먹고 크나
오만한 아메리칸들은 내 친구의 경고를
알아듣지 못했다, 전혀

＊

친구가 월정리 쓸쓸한 풍경을
꼼꼼하게 그렸다, 서럽게 그렸다
남과 북 이어주다가 지금은
끊겨버린 기차역 그 쓸쓸한
월정리, 아픈 정거장
거기서 얼마나 많은 사람들
반갑게 만나고
아프게 헤어졌을까
또 얼마나 많은 피 흘렸을까
지금은 잡초만 무성한 월정리 역 자리
철마는 달리고 싶다고…

무슨 생각하며 그렸을까 내 친구는
거기 오가던 사람들의 더운 체온, 사람냄새
와글와글 요란하던 소리, 기막힌 사연들
수많은 이야기들

그걸 그렸겠지
남과 북 하나될 날 그리며

그림에
희미한 눈물 자욱 하나

문득, 코카콜라 캔 하나 보인다
월정리 잡초밭에 딩구는
찌그러진 코카콜라 캔 하나…
아, 이제 알겠다
눈물이 수르르르** 흐른다.

✳

팽팽한 매듭들
맺히는 순간일까, 풀리는 순간일까

우리나라 중허리에 매듭 하나

당기고 또 당기면
언젠가는 풀리겠지
아니면 끊어지던가

찌그러진 코카콜라 캔, 매듭, 월정리
나는 친구의 그림을 이렇게
우리 현실과 연결해서 읽는다.
그래서 눈물이 난다.

* 오세영 시인의 시집 <아메리카 일기> 중에서
** "눈물이 수르르르…"는 김소월의 시에 나오는 표현이다. 절
묘하다

그림무당 칼노래
-오 윤의 판화

친구는 무당이었다, 그림무당

그토록 무당이 되고 싶어 하더니
끝내 무당 되어, 그림무당 되어
씻김굿 한 판 신명나게 벌이고
씨익 웃으며 훌쩍 떠나갔다.

칼 한 번 휘익 휘두르면
세상에 사악한 모든 글자들 동강나
날아가고
북 한 번 쾅 치면
세상의 모든 벽들 무너지고
징 한 번 징하게 두드리면
멀리까지 저 멀리까지
지이이이이잉이이잉
온 세상 구석까지 지이이이잉

먼저 간 친구 칼노래 앞에

숨죽여
흐느낀다.

세상 건져 올리는,
죽은 사람 살려내는,
개도치의 칼노래.
사람이면 사람처럼 사람답게
정직하게 살자던
매운 칼맛.
사람 없는 적막강산 척박한
염통께 후벼파는
칼노래,
아프다 아프다 아프다.

북소리 징소리 춤사위
어드메까지 번져갈지
알 수 없어 그저 안타깝다.
마른 나뭇가지 위에 검은 새 한 마리…

먼저 간 친구가 칼로 후벼 판
흥겨운 도깨비 세상
칼노래
끝끝내 죽지 않는
죽을 수 없는
우리 모두의 칼노래.

사람처럼 사람구실하며 사는
좋은 세상 올 때까지
시퍼렇게
시린 목숨의 노래
제 목숨 던져 살궈낸
칼노래.